비의 목록

비의 목록

김 희 업 시 집

창비

차 례

제1부

에스컬레이터의 기법

30도의 기울기란
마음이 먼저 쏟아지지 않는 경사
알 수 없는 자력이 몸을 곧추세운다
그냥 밟고만 있어도
높이가 커진다는 사실을 아는 사람은
굳이 거슬러 내려가지 않고
계단의 물결에 발을 맡길 것이다
거슬러 오르는 멋진 오류는 연어의 일
한계단씩 베어 먹은 사람들의 높은 입
그들은 먹이를 얻기 위해 날마다 입을 벌린다
외마디 비명도 없이 공중에 떠 있는 현기증
어떤 뒷모습이라 할지라도 바라보면 쓸쓸하고
꼭 그만큼만 보여주는 생의 짧은 치마
넘치지 않는 저울질로 평등하게 내려놓고
빈 계단만 층층이 접히는 지평선
맞물린 관계 속에
서로 먹고 먹히는 다정한 세계
기울어진 생계를 떠안고

마음이 쓰러지지 않게
흙이 묻지 않는 보법으로 반복되는 생성 소멸
오늘밤
달은 발자국 남기지 않고 가던 길을 갈 것이다

양들의 침묵

초원은 어제처럼 건조했고
초원을 둘러싼
강에는 뿔 모양 산이 돋아났습니다
양들이 풀의 젖꼭지를 빠는
간지러운 밤입니다

안개도 없는 밤에
늑대도 없는 밤에

사라진 양에 대해선
양들이 알 뿐, 그들은 하나같이
침묵하고 있으니
저로서는 알 길 없습니다
사라진 양에 집착하고부터
잠 못 이루고
되레 밤을 꼬박 새우기 일쑤입니다

안개를 풀어놓은 밤에

늦대를 풀어놓은 밤에

양을 세다
사라진 양이 가여워
울다 잠든,
어린 밤을 기억합니다

안개보다 늑대보다 무섭게
비구름이 몰려옵니다
이제 그만,
양들을 불러모아야겠습니다

내일은
오늘 센 양의 수와 또다를 겁니다

통증의 형식

생각하지 않으면 아프지 않을 수도 있다

좁힐 수 없는 거리가 세상에 존재하듯
아프고 안 아프고의 차이는 아픈 차이

통증은 쪼그리고 앉아 오래오래 버티다가도 정들 만하면
어느새 날아가는 바람둥이 새

순간을 제치고 몸속 한획을 긋는 통증
먼 길 돌고 돌아 까마득한 새벽 어디서 왔을까

종종 통성명 없이 불쑥 나타나
평소에 없던 수많은 감정을 들춰내 죽이고 살리길 거듭
이대로라면 자멸에 평안히 도달할 것인가

내가 아니었으면, 해서 몸을 떠나고 싶은 떳떳한 출가

어떤 통증은 병명 없이 발견되기도 했다는데,

높은 가지의 이파리 하나가 공중의 하루를 잠깐 날다 떨어졌다
　그 위로
　무지개를 새긴 문신의 통증에 대해, 고통의 화려함에 대해 하늘이 속삭이듯 고백한다

　어둠을 몰아낸 형광등 빛, 바라본 동공엔 눈부신 통증이 깜박거렸다

　오늘도 추운 곳에서 빙하가 녹는다 진리처럼 모순처럼
　따뜻한 통증을 동반한 채

　그러니
　멀리 근처에도 통증은 있어
　언젠가 상쾌할 거라는 가설은 미완성으로 남겨놓는다

철새들의 본적

강은
얼마나 깊은 여백을 남겨두었나
강과 강 사이가 엉겨붙어
한바탕 살얼음판으로 변할 때
하늘 엎고 어렴풋이 건너면
가뿐한 월동(越冬)인데
날개가 방향을 튼다
돌아갈 곳을 찾는다는 건
돌아갈 곳이 있다는 것
그러니 너희는 철새가 아니다
잠시 비상(飛翔)근무 중이니
앉지 마라
앉지 마라
착지가 너희를 불안케 하리라
지상은 습지처럼 외로운 섬
공허해서 한껏 넓어진
하늘 가득 채워라
너희들 본적이 하늘이듯

하늘과 어울려 놀아라
하늘이 지칠 때까지

변명

나무의 무릎이 말뚝 박듯 잠기기 시작했다

그때 두 눈으로 똑똑히 보았다
나흘 내내 내리는 눈이 세상의 발목을 잡는 것을

밤이 서둘러 도착한 산간 마을은 정적이라는 맹수로 들
끓었다

이곳은 피안이 될 충분한 조건이라
굳이 멀리 밖을 나서지 않아도 되었다
키만 한 든직한 눈이 떳떳하게 머물 수 있게 해주었다

문밖으로 나와보라며 창문을 두드리던 눈발을 애써 외면
했다
들리지 않는 소리는 더 크게 들리는 것 같아
차곡차곡 눈과 귀를 닫아버렸다

영영 침묵함으로써 자신의 존재가 드러나는 무덤처럼

숨소리는 결국 몸 밖을 나오지 못했다

눈이 내려 지구의 체중이 조금 늘었을 뿐

필연적인 관계마저 두절된 채 울타리가 쳐지고
어떤 가능성도 생겨나지 않았다

그러나 살아 있는 것은 움직이지 않고도 살아 있었다

그저 마음속 발목이 빠지는 바람에 나서지 못한 것도,
머물러 있도록 마음이 조정한 것도 아니다
호명하지 않았는데 무작정 눈이 다가와
발목을 잡았기 때문이었다

천둥소리

검은 복면을 한 사내가
복잡한 심정 토로하네
계속해 큰북을 둥둥 울리네
성난 얼굴로 몰려왔다 결국 빈손으로 돌아가는
사나운 파도처럼
엉겁결에 따귀를 때리는 불편한 심사
스쳐가는 매서운 손바닥
한밤중 정신이 오그라드네
온몸이 감전되네
귀를 의심하다 어쩔 수 없어 풀어놓은 청각
밀교라도 퍼뜨리고 싶은 허약한 밤
밤을 들었다 놓는 자의 권력이란
저처럼 격음의 목소리를 지녔으리라
겁먹은 입술이 주저앉고
두 눈엔 연옥이 비치네
굴욕의 밤을 지새우려면
살아서 멀쩡한 눈은 소용없네
눈으로는 볼 수 없는

컴컴한 백지의 세계가 있네

출생의 비밀

안 팔리는 꽃이 조금씩 자라고 있다
수직으로 뻗다 지루하면 수평으로 서두히 방향을 튼다
아주 조금씩 자라서 보이지 않을 때가 더 많다
주인 속 타는 줄 모르고
낄낄거리며 웃고 있는 꽃들
무슨 의무감처럼 매일 물을 주며
꽃집 주인은 입양을 서두르는 눈치다
바라보면 어느 하나 미워할 수 없는 자식들
팔리지 않는 꽃은 주인 몰래 시든다든지
저희들끼리 웃다 지쳐 시들하지만
피 한방울 섞이지 않은 가운데
친자 관계를 맺는 흐뭇한 풍경을 보면
입양은
상대방 가슴에 꽃 한송이 옮겨 심는 것
꽃의 세계에도 불문율이 있어
입양 보낸 꽃이 되돌아오는 적은 없다
보지 않으면 꽃은 시드니까 돌보게 된다
가섭은 꽃의 웃음을 본 최초의 사람

꽃의 부모는 꽃을 가꾸는 사람
햇볕과 물과 흙은 꽃을 키운 먼 조상
천애의 고아로 자란 꽃이 어디 있으랴
저마다 고군분투하여 꽃을 피운 뿌리가 있는데

실의에 빠진 귀

가끔씩 안부 전하듯 찾아오는 감기처럼
당신도 또렷이 들었을 그 말
당신도 전혀 몰랐던, 당신에 관한 이야기며
또한 유쾌하지 않은 우리의 이야기
전해오는 이야기란 비겁한 근성을 지녔는지
늘 등 뒤에 있다 귓속에 잠입한다
이야기의 껍질을 까보면 껍질만 남는 이야기
귀가 막혔는지, 기가 막혔는지
자주 체해 더부룩한 귀
배가 불러 뚱뚱해진 귀
누가 귀의 식욕을 돋우는가
이야기를 밀고 당기는 과정에서
번번이 지고 마는 순해터진 귀
그 때문에 귀의 안과 밖은 사이가 멀어졌다
요실금을 앓는지
귀 안으로 줄줄 샌다
닫을 수 없는 귀였다면 차라리
반달로나 걸어둘걸

반듯한 이야기 하나 건지지 못해
실의에 빠진 귀

거짓말

갓난아기 주먹만 한 고구마를 컵에 넣고
싹이 트는 과정을 지켜보기로 했어
고구마가 싹을 틔운다는 그 말,
거짓말로 들렸지만 믿어보기로 했어
혁명이 뭐 별거 있어
보이지 않는 걸 믿게 하는 거지
그렇다고 고구마가 혁명을 알 리 없지
하루가 지나 내일이 다 가도록
바라고 바라던 혼돈은 없었어
어쩌다 컵에 물이 줄어든 것 빼고는
태초에 고구마를 내던 셋째날이 오자
머릿속엔 부정의 싹이 역병처럼 번져갔어
기다리는 내내 죽음과 내통하는 영화를 보았지

천지와 만물을 다 지으신 일곱째날
체념한 채 물을 갈아주려던 순간
의심이 목덜미를 잡히고야 말았어
새싹이 돋은 거야,

태동을 눈치 못 챈 굼뜬 청력(聽力)에 얼굴 붉어졌지
볼품없던 고구마는 메마른 땅을 경작지 삼아
쉼 없이 물동이 길어올렸던 거야
귀 기울여봐, 무언(無言)에는 목마른 외침이 있어
목마른 자 가까이 샘물 가득 준비해놓는 일,
혁명이란 그런 거지

무너지는 얼굴

앞으로의 남은 시간을 그는 잘도 뒷걸음질 쳐 간다
수심(愁心)을 극진히 돌보는 황혼의 시간
뜯어질지 모를 낡은 조각보의 얼굴엔
오랜 세월에 걸쳐 완성된 고집이 그를 겨우 지탱하고 있다
무너지는 그의 얼굴을 보고 있으면, 그에게 단단한 과거
가 있었나 싶다
격렬했던 바람마저 잠재워놓은 듯한 표정
흑백 하늘에 걸린 허공의 쓸쓸함까지 자신의 공터에 기
록하여
재현해낸 초라한 얼굴
더는 물러설 곳 없다고 억울함을 하소연하려는 주름은
바다의 주름보다 정교한 짜임새를 갖추고 있다
쉬기 위해 지상에 내려앉는 새와 달리
머지않아 그의 영혼이 천상에 올라서게 될 터인데
애써 불안을 감춘 그의 눈빛이 걸려
그가 걸어온 오랜 시간을 거슬러 올라가보지만
몇몇 기억에 불과하다, 전부 헤아릴 순 없다
거기 말 못할 사연과 복잡한 서사가 있을 것으로 추측할

뿐이지
　알지 못한다
　무너지는 얼굴에 숨겨진 내력을
　서서히 무너지고 있는 내력을

눈보라 퀵써비스

휘날리는 것은 살아 있지
입에 풀칠하려면 움직여야 하고
달라붙는 유혹을 피해
노선마저 변경해야지
죽음만이 정지시킬 수 있는
고요한 속도
빠르게 달린다면 섬마을까지 도착할 테고
어디든 폭삭 주저앉지 말고 가야지
목적지 이탈하지 않으면 그것으로 임무 완수
갓길 만들어가며 죽도록 달려가지
바람은 야멸치게 살갗 물어뜯으며
무서운 속도를 재촉하지
바람을 등에 업고
빠르고 경쾌한 음악을 하염없이 배달하지
위험한 안부를

별들의 마라톤

출발선에 앞다투어 몰려든 별들
생중계를 보려고 하늘의 주파수를 맞추면
사각사각 잡히는 별의 소리
계곡 같은 한적한 코스로 흘러들어
저리도 무거운 시간 움직이지 않고 달려왔을까
선두 그룹을 달리던 별, 하지만
별 속에 파묻혀 우열을 가릴 수 없다
어둠 따라가다 깜박 빛을 잃어 멈칫하자
뒤따라오던 별이 대번에 앞질러 간다
뒤처진 별은 지친 기색이다
반환점을 돌지 않고 거의 제자리걸음이다
좀처럼 바뀔 줄 모르는 별들의 순위
쉬어가라고 손수 물을 건네는 하늘
우천으로 경기가 취소되고
공식 기록은 변함이 없다
내일이면 완주할 수 있을까
한때 발광(發光)을 꿈꾸던 어린 별같이
긴장을 늦추지 않으려는 별의 눈빛 역력하다

비의 목록

손바닥에 닿으면 부러지는 연약한 비
비가 거리의 목록에서 노점을 지웠다 오늘은
가난하게 보이지 않을 것이다
우산을 펴자 비가 우산 위로 사납게 달려들었다
우산은 우산 크기만큼만 비를 가려주었다
온다는 소리 없이 집집마다 비가 다녀갔다
섭섭하지만 비를 뒤쫓아갈 필요가 없었다
훗날을 기약하며 보내주기로 했다
비를 모금함 속에 모아두는 엉뚱한 사람은 없을 테니까
사람을 불러모으는 재주를 가진 노점이 사라진 사이
얼마나 많은 사람이 비에 스며들었는지
한산한 거리가 비로 시끌벅적했다
비에 쫓겨난 봄꽃은 어디서 보상 받을는지
생계가 막막해진 봄꽃이
뿔뿔이 자취를 감추었다
손바닥에 닿으면 부러지는 연약한 비에도
바퀴의 노동은 멈추지 않고, 내일도 모르고 앞만 향해 자꾸
달려간다 이런 날, 바퀴도 없이 미끄러지는 사람이 꼭 있

더라
　　저만치 자신을 내팽개치는 사람을 보고 있으면
　　웃어야 할지 울어야 할지
　　비가 거리의 목록에서 이제 웃음조차 지우려 한다
　　오늘은 비의 목록에 따뜻한 위로가 추가되어야 할 것 같다

물품보관함

안을 들여다보려는 순간부터
위험한 상상은 만들어진다
틈이 보이지 않을수록 증폭되는 상상
비밀의 부피가 커지다가 마침내
시한폭탄이 될 조짐
공간이 꾸미는 음모는 안전하고 깊다
그러나 간절함 속에 담긴 누추한 살림을 보면 눈물겹다
어쩌면
저 안의 세계엔 다 써버린 시간들로 가득 채워졌을 수도
있다

무언가를 찾기 위해선 잃어버려야 하듯
비우고 비워야만 더 가득 채워지는 반전이
오롯이 사각형의 비밀을 지니게 한 걸까
물건을 맡긴 사람이 물건 주인이 아닐 때도 있으나
자신이 맡긴 물건조차 영영 잊고 싶을 때가 있지
이를테면 한 영혼을 하늘 끝으로 보낼 흉기나
탯줄에 돌돌 말린 갓난아이의 차압된 울음소리 같은

잠긴 문

들끓는 어둠

맡긴 시간이 부패할 때까지

밖은 모를 것이다

누군가가 발굴하기 전까지는

리어카의 신앙

가난을 움켜쥐고 살았다
처음부터 가난한 몸을 하고 태어나 그런지
리어카는 뭐든지 먹어치우려는 습성이 강했다
빈 박스와 폐지 따위가
노파의 굽은 키를 기분 좋게 넘길 때나
터무니없이 모자라 텅 빈 리어카조차 무거울 때면
저울 눈금이 노파의 근심을 조절해왔다
노파가 평생을 져 나른 궁핍
그러나 궁핍으로부터 은혜를 입은 적은 없어 보였다
리어카의 걸음을 힘들게 했던 궁핍의 무게 또한 얼마나
될까
몸져눕게 된 노파는 리어카를 떠올리며, 서로가 실컷 끌
어주고도
서로에게 짐이 된 것만 같다는 생각이 뒤늦게 들었다
가난을 벗어날 거라 믿는 게 신앙이라는 것을
리어카도 미처 알지 못했나보다
신앙심이 한풀 꺾인 텅 빈 리어카마저
맥없이 주저앉아

혼자 일어서지 못한다

오늘 행운은,

다람쥐를 본 것

갱도에 들듯, 어떤 믿음으로 산속 깊이 매몰되는가
숲에서 흘러나오는 엎질러진 사람들 소리

나는 숲 한가운데서 바다만을 끔찍하게 떠올리는가
바다의 언어로써 말하고 싶은 걸까

한낮의 극성스러운 모기에 물려 일생이 후퇴했노라고
엄살의 묘비명을 한줄 써둘까

산을 오를 때보다
산을 내려오는 사람의 발걸음은 더 무거워
계절이 바뀌어도 가슴 철렁하지

오늘 잘한 일은 숲 한가운데 방치해둔 나를 찾지 않은 것
더 잘한 일은 다람쥐를 그냥 돌려보낸 것

제2부

통영

동피랑 벽화마을에서

구석기의 무의식이 시간을 뛰어넘어 지금껏 동했구나
꿈을 복원하려는 사람에 의해
이곳 시곗바늘은 거꾸로 가네
오오, 나는 이곳에서 현재의 시간을 잃고 말았네
갈 곳의 방향을 새롭게 잃었네
그간 우리가 쌓은 벽에 갇혀
서로가 모르게 위독했었나보다
화려한 수사처럼, 화려한 색채처럼 시대는 변했으나
까딱하지 않는 벽에 새겨 해풍에도 지워지지 않을
꿈은 오랜 세월 두고두고 보는 것
공유하는 것
사시사철 바람에도 꽃잎 지지 않게 벽에 심은 나무
바다를 먹어치워 배가 부푼 고래가 벽을 헤엄쳐 간다
골목이 골목을 감춘 언덕 위 마을이라
어떤 집은 어렵사리 발굴되기도 했으나
삶은 여전히 망망대해
전과 동일했다
시간이 마르고 꿈이 말라갈 때

포획된 꿈이 환상 속에서 불끈 일어섰을 때
벽이 사라졌다
꿈과 현실의 경계에서 꿈 쪽으로 깊이 흔들리다
구석기에서 발을 떼지 못하였다, 하여튼
벽화를 보고 있으면 벽은 보이지 않는다는 사실

통영 2

전혁림미술관을 나와 차를 기다리는데
내 앞을 가로질러 가는 청바지 차림의 사내
페인트가 위아래로 묻어 있어 페인트공임을 알 수 있었다

웃음이 새나오려는 걸 간신히 참으며 자문해본다
화가와 페인트공의 차이는 뭘까
화가의 붓과 페인트공의 붓은 무엇이 다른가
화가의 물감과 페인트공의 페인트는 어떤 차이가 있는가
꼬리에 꼬리를 물고 이어지는 자문
타야 할 차를 여러대 보내고 나서 떠오른 생각
붓을 놀리면 안되는 직업이라는 공통점이 있지 않은가

미술관에서 본
전혁림이 쓰던 물감과 붓은 꽁꽁 굳어 있었다
손가락에 품었던 자식 같은 붓 놓아주고
독거에 들어선 전혁림

과거로 거슬러가게 하는 동력은 몇마력쯤 되는지,

나는 전혁림을 보았다

　온몸에 생의 흔적을 묻히고 내 앞을 지나가던 페인트공
에게서

　젊은 날의 화가 전혁림을 보았다

　어떤 이유에서인지 나는 미술관으로 다시 발걸음을 옮기
고 있었다

대리운전

잠든 방향을
바람이 실어가는 대리운전
취하지 않고도 흔들림에 취해 있다
몸무게보다 무거운 지친 정신의 중량에
삶은 바로 서려 할 때마다 엎어졌다
나뭇잎이 갈 길을 바람이 몰고 가면
바람의 길을 가는 나뭇잎
그리하여 길은 오늘밤 그 누구의 것도 되지 못했구나

나뭇잎은 나무로부터 왜 서둘러 명퇴를 했을까

퇴화한 밤이 지나도록
뜯긴 길 따라
바삭거리는 소리 식솔처럼 따라와 생의 바닥을 긁고 있나
그래도 살아보라며 등을 떠미는 매혹
우우, 멈출 수 없는 나뭇잎
의지와는 상관없이 목적지가 몇번 바뀌었고
밤의 발등이 붓고

어느덧 종착지에 다다랐다
멀리 갔어도 되돌아와야 하는 부메랑 같은 대리운전
날마다 지상명령은 무사귀환이었나

집에 올 수 있었던 건 길을 모두 놓아주었기 때문이다

나뭇잎 앞서게 밀고 나면 바람은 누가 밀어주나
지금껏 혼자 온 게 아니라고,
주인과 함께 가는 맹인안내견이 일러준다

공

1

바퀴를 보면 굴리고 싶다고, 어느 시인은 말했지만

사람들은 공만 보면 무조건 차고 본다

기를 쓰고 달려든다

마치 공 속에 뭔가 들어 있기라도 한 듯

갖은 방법 다해 어떻게 해보려고 한다

공은 둥글어서 충분히 서럽다

많은 것을 알려고 하지만 아무것도 알아낼 수 없는 비밀

처럼

공은 텅 비어 있어서 실체가 없다

공 속에는 그냥 텅 빈 空이라서

아무 데고 비천하게 굴러다니다

보이지 않는다

2

냄새 풀풀 나는

지구같이 구겨진 모습으로

하수구에 처박힌 공

며칠 아무도 거들떠보지 않아
자신이 버려졌다는 생각이 드는지
누군가 발로 한번 차주길 기대하다 이내
집착을 버린다
누추해진 지구가 자신의 상처를
둥그스름히 끌어안고 살아가듯
하수(下水) 따라 서서히 몸을 풀어보는 것이다
그래도 아직은, 견딜 만하다고

이런 밥통

십년 넘게 별 탈 없던 밥통이
숨을 거둔 날
밥통과의 후일담이 떠올랐다

그 증기기관차는 구수한 연기를 내뿜으며 아득한 초원을
향해 달려갔다 아무도 내리지 않는 바람의 역에서 나는 무
작정 내렸다 황량하면서도 조금은 낭만적인 그곳에서 유목
생활을 하려고, 배고픔도 잊은 채 눈 감고 끝없는 대평원을
말달렸다 이대로라면 수평선에 닿을 수 있을 것 같았으나,
그곳에서 나는 소행성처럼 아주 작아져 있었다 겨울의 엄
한과 여름의 혹서에 시달리며 누추한 생활을 해왔다 희미
한 나날이 쌀뜨물로 비워질 때쯤 유목의 습관을 버리고, 증
기기관차 타고 되돌아왔다

앰뷸런스가 오후의 정적을 깨운다
어떤 이유인지, 목숨이 숟가락을 놓고 떠나면
크게 통곡할 여유도 없이
다급해지는 건 살아남은 사람

어쨌든 밥통 때문에 나는
이 땅의 정착민이 돼버렸다
유목의 꿈을 작파하고
새로운 밥통으로
멋진 삶을 꾸려볼 생각인데
이런 근사한 밥통, 있을까

가을 즈음

일을 저지를 듯 구름이 몰려다닌다

계절을 바뀌게 한 새소리 놓쳤다

한 계절을 놓쳤다

울음만이 가득 담긴 빈 하늘

피부 온도가 변해서일까, 문득 낯선 아침이 도착했다

붉은 장미꽃 벌써 희미하건만 망각의 가시가 되살아난다

조만간 가을의 꼭짓점에 도달하게 될 모양이다

먹구름이 몰려든다

문밖의 새소리 비에 젖기 전에 거둬들인다

이쯤에서 세상의 울음은 그만 그쳤으면 싶다

판세를 뒤엎고 북상 중인 올해의 마지막 태풍

저기, 도망치는 발 없는 태풍 잡히지 않고

스쳐간 자리마다 울음 섞인 한숨 소리

진화하는 당신

본얼굴을 지워버리고
그 위에 타인을 그려보는 당신
익숙한 자신의 얼굴을 잊어버릴 때까지 고치고 고쳐간다
자신이 자신을 알아보면 완벽한 실패라며,
마치 생이 멈추기 전에는 멈추지 않을 것처럼
여전히 개발 중인 당신의 얼굴
사이좋게 나눠 가졌는지, 코가 닮은 여인들이 거리에 즐
비하다
천편일률적인 몰개성의 시대가 왔다
칼날 앞에 죄 없이 바르르 떨던 눈썹
네게 무슨 죄가 있으랴
불에 석유를 붓듯 손쉽게 타오른 결정이
원래대로 되돌릴 수 없게 만든 것을
자신이 자신조차 몰라본다면, 당신은 새로운 종(種)
낯선 얼굴로 진화하려는 당신
굳이 달라질 필요는 없다
당신은 당신이니까
아직 손볼 데가 남아 있다고 불만을 터뜨리는 당신

그곳은
불행히도 유독 자신의 눈에만 띄는 법
지금껏 그래왔듯 애써 잘못 그리지 말고
당신답게 그려라
당신은 당신이어야 하니까

선택

사과가 내 입에 들어오기까지
오로지 한개의 사과만을 선택해야 했다
그건 결코 쉽지 않은 확률
태풍이 사과의 목을 위협할 때 동요하지 않아야 가능한 일
낯선 이의 눈독에
사과의 잠 못 드는 나날이 시작되었다
한그루의 사과나무가 심어지고부터 인간의 죄는 생겨난 것

처음 대하는 과일을 보고 설레는 건
벌레처럼 야금야금
아직 과일의 세계에 닿지 못했다는 증거

붉은 옷가지 벗겨지는데
왜 얼굴이 붉어지는지
하고많은 사과 중에
하필 너의 성숙을 맛보아야 했으니,
선택된다는 것은 불행한 것
계절은 어김없이 돌아와 한동안 제자리를 지키다 떠났다

그러하듯
봄에서 먼 겨울로 거처를 옮겨 온 사과의 여로(旅路)

미각은 언젠가 시들 것이다
어제와 내일의 사과가 다른 것처럼
내일은 내일의 사과가 필요하다

내일은 선택하지 않아도 내일이면 온다

메주

두문불출한 채 낯빛이 누렇다
수행하는 걸까

숨죽인 채 덮어쓴 이불
아무도 거들떠보지 않는다
띄운 지 얼마나 되었을까
추위에 갈라터져
메마른 표정에 금이 갔다
너무 오래 묵힌 건가
햇볕도 쬐어야 하건만
방치된 늙은 세월

짚이라도 엮어 자신을 달아매고 싶다던 독거노인

소식 없는 자식들
오지 않는다
흰 곰팡이 검게 피어도

동안거 해제를 알리려는지
닫혔던 방문이
활짝 열렸다

이윽고

낯선 사람들 손에
노인의 관이 들려 나왔다

시취가 노인의 죽음을 제일 먼저 알렸다

모처럼
노인은 햇볕 쬘 수 있는
호사를 누리게 되었다

종소리를 따라가다

종소리를 듣는다
전생에 종〔奴〕이었다는 생각에
까닭도 없이 가난한 가슴이 내려앉는다
텅 빈 생각만 머릿속에 들어찬 종이라고
실컷 두들겨 맞아 커진 울음보
미처 못다 운 울음 짊어지고 헛간으로 줄행랑치던
종노릇 시절엔 꽤 천박하게 들렸을 울음
내 울음에 기품이 있었으면, 하는 사이에
그만 종소리를 놓치고 말았다
소리를 보면 겹겹이라는 생각 떨칠 수 없다
소리의 중심을 두고 주변만 서성이는 것은 아닐까
타다 남은 종소리의 불씨
또 누구의 가슴에 불붙어 타오를까
처음과 중간 소리 지나 끝 소리 여운으로 남기고
꼬리 감춰버린 종소리
내 몸 어디를 쳐서 저처럼 반듯한 울음을 들려주나
나는 어설피 잡고 있던 소리의 고삐를 그만 놓아준다
바랑이 종일 비어 있어 걸음이 무거웠을 저 탁발승도

처소로 스며들어야 할 시간

골목길 어디 내가 놓쳐버린 종소리가 어슬렁어슬렁 돌아
올 시간

나는 나대로 집으로 돌아가는 저녁

너무 명징한 종소리여서 가슴에 얹힌다

그 방의 주인은 누구인가

방바닥에 엎드려 책을 읽고 있는데
홀연히 귀가 밖을 나선다
창밖 가을 빗소리
뭐라고 뭐라고 말을 거는데
호기심 많은 귀는 돌아오지 않아
한동안 바라보던 굵은 빗소리
허공을 잃어버린 거미가
펼친 책을 빠른 걸음으로 읽어가다
어려운 한자 앞에서는 자신이 없는지, 행간을 무작정 건
너뛴다
속독법을 잘못 배운 걸까
다시 책에서 내려와 방바닥을 휘적휘적
정체성 찾아 헤매고 다니는
거미줄을 벗어난 개미 같은 거미를 나는 거미라고 불러
야 하나?
다리가 많아 걸음이 제법 빠르다
장롱 입구에 보이지 않는 금줄을 쳐놓은 거미
경계가 생긴 내 방에 거미의 방이 있다

나는 책을 펼친 그대로 방을 나와버렸다

거미는 읽다 만 페이지가 궁금해지면 얼굴 내비칠 것이다

모서리의 사랑

빌딩 모서리로 햇빛 모여 반들거리는 아침

먼지의 일가가 정착을 이룬, 소란스러운 한낮의 모서리

오후의 물고기가 수족관의 모서리를 반복해 두드리는 까
닭은
그곳이 화엄이 아니기 때문

절박한 사람이 신통한 점쟁이에게 발 들여놓듯
모서리에 선 위험한 그림자
뛰어내리기 직전
아니다 싶을 때
돌아서게 하는 모서리의 사랑

그리하여
그리하여
모서리는 중심

초침이 분침을 쫓고
시침이 분침에 쫓길 때
밤의 모서리를 돌아서는 달
달의 근육이 구부러졌다 펴지기도 해

침대 모서리에 걸터앉은 잠
깊고
깊은
평화

이상한 나라의 엘리베이터

그 관(棺)은 공포를 열심히 실어나른다
제 발로 태연히 관 속에 들어가는 혼령들
어쩌다 남자 혼령이 조심스럽게 말을 걸려 해도
여자 혼령은 등 뒤에 선 남자 혼령을 두려워하지
누구나 그런 경험들 있지,
나중에 탄 혼령이 두려워
머리카락 솟구치며 소름 돋던 기억
뜻하지 않은 고장으로 혼자 갇힐 때
한없이 공간이 넓게 느껴지는 것은
의지할 상대가 없기 때문이지
오늘도 혼령들은 쓸쓸했지
3층, 아이 혼령이 장난치며 사라지고
9층, 노인 혼령이 기침과 함께 사라지고
12층, 부부 혼령이 말없이 사라졌다
서로가 서로를 알지 못할 때 무섭지
서로 같은 관에서 숨을 쉬건만
알고 보면 온통 낯선 혼령들
저 혼령은 또 몇층으로 승천할 텐가

직립인 그 관은 지상과 천국을 반복해 운행한다
44층,
허공에서 문득문득 발이 멈추게 되면
죽음의 포로가 되어
오금 저린 하관을 앞두고
이런 생각이 든다
누구나 죽으면 하늘로 솟거나 땅으로 내려갈 뿐
달리 뾰족한 수는 없을 거라고

제3부

야생을 찾아서

다급해진 곰*은 청계산에 들어섰고
몇날 며칠 야생을 찾아 온 산을 뒤척거렸다

곰을 쫓는 사내들 거친 숨소리에
곰을 품은 청계산은 들키지 않게 가만가만 숨죽이고 있
었다

달아나면서 벗어놓은 발자국
곰 대신 발자국만 쫓다보니 어느새 어둠이 왔다
달과 눈이 마주친 곰은 어디든 숨어들지 못하고 밤새
곰곰 생각했다
낮보다 밤이 길다는 건 고통스러운 일이다
미련하게 추위를 껴입은 채로 날이 밝았다

세상 동굴이 얼마나 답답했으면 백일도 못 버티고
곰이 호랑이 신세가 됐을까
우리를 박차고 나온 순간부터
먹잇감을 입에 넣어주는 이는 아무도 없었다

야생의 안과 밖이 다르다는 걸 알게 되었다

쓸개가 무사하니 천만다행이라 여긴 곰

우리에서 생닭 넙죽 받아먹는 꼴이 우습겠지만

야성은 굶주림 직전에 가장 무서운 얼굴을 하고 있다는

것을

누구에게도 들키고 싶지 않은 곰

* 서울대공원에서 기르던 수컷 말레이곰 '꼬마'가 우리를 탈출해
  청계산으로 도망쳤다가 9일 만에 붙잡혀 동물원으로 되돌아왔다.

비행법

아파트 화단 귀퉁이로
한생이 폭삭 내려앉는 끝 소리
그것으론 죽음의 단서가 될 수 없었다
짤막한 한줄 비행운이나
추락의 순간을 아무도 본 사람이 없다고 한다
하늘을 놓친 새
착지가 서툰 솜씨가 그렇고
공중에 쓰다 만 유서의 필체로도 그렇고
새라기보다 소녀라 해야겠다

소녀를 의문의 죽음으로 끌어당긴 중력은 무엇이었을까
누구는 둥지를 틀지 못했기 때문이라고 단정했고
고층에서 뛰어내린 것이 계획된 것이라고도 했다
새는 하강하면서 눈을 뜨지만
비행법을 모르는 소녀는 처음 비행에
구름과 뒤엉킬까봐 두 눈 감아버렸는지도 모른다

세상에 나올 때처럼 머리부터 디밀었을까

의문은 여전히 풀리지 않는데
소녀가 닦아놓은 손거울보다
비정하게 맑은 하늘

소녀의 공중비행을 우러러보던 지상의 유일한 목격자
화단의 꽃이
죽음을 애도하는지
고개를 반쯤 숙였다
그리고 아무 말 하지 않았다

문득

문득이 어디 있는지 궁금했다
찾아나서기로 했다
태양이 낙타의 걸음을 느리게 조절해놓은
아프리카로 갔으나
겨우 파리밖에 보지 못했다
세렝게티 초원에선
마라 강을 건너가는 누떼를 속수무책으로 지켜보다
별 소득 없이 돌아와야 했다
그는 멀리 못 갔을 거다
우리가 알고 있는 문득이란 놈은
혹 성질 급한 생각이나 느낌 앞세워
느닷없이 들이닥칠지 모른다
그렇다고 당황하지 마라
노크를 하면 망설이지 말고 영접하라
뜻밖에 생각 떠올라 환성 지를 때처럼
평소와 같이 엉뚱하게
제 발로 찾아올지 모르니
기다리는 수밖에

쉽게 눈에 띄지 않거나 섣불리 놓칠 수도 있다
어쩌면,
우리 곁을 피해갈지도 모를 일

그늘 유산

그늘이 바람났다는 소문이 마을에 떠돌기 시작했다

따뜻하게 데운 정자의 그늘을 한순간
조건 없이 물려준 노인
온다는 기약 없이
자신은 새로운 그늘 찾아 우주 밖에 나앉았다
이 마을에선 오래전부터 흔히 있어온 일
오후가 지날 때면
바람난 그늘끼리 몰려다니는 게 더 큰 문제였다
밤이 깊도록 자취를 감추고 돌아오질 않아
나무 혼자 마을 주변을 서성거렸다
다음 날 낮이면 햇볕에 그을린 얼굴로 나타나
오가는 노인들 붙잡고 몇시간째
간밤에 있었던 이야기를 나누었다

줄곧 사라진 노인들처럼 쇠약해진 그늘
우주 밖으로 가면 그늘 어떡할까
나무도

나무의 그늘도
각자 말 못할 새로운 고민이 생겼다

지금은 화면조정시간입니다

나무들 잎을 끄고 소등한 채로 겨울 채비에 나선다

지난 계절 캄캄한 눈동자엔 무엇이 들어섰는가
밤이 와 나무조차 사라진 무서운 실존
실종의 밤이 이어지고
여전히
오지 않는 아침

드라마가 펼쳐져도
아무도 거들떠보지 않는 영하(零下)의 배경화면
누운 영혼을 짓밟고 지나간 무심한 시청자들
버려진 비극의 주인공이 길거리에서 캐스팅되는 헛꿈을
꾼다
아, 휘몰아치는 바람은 간밤에 얼마나 숱한 화면을 흔들
어놓았던가
펄럭이는 나약한 사람의 눈동자를 꺼뜨리며 떠났는가

아침을 밝히는 날이 온다면

밝은 화면에 눈이 멀어도 좋네
배역 없는
대사 없는
버려진 인물의 등장은 아직 멀었다 하고
더 나은 배역을 위해
더 나은 대사를 위해
지금은 기나긴 화면조정시간

전원을 끄지 않은 채 기다리기로 한다

흙 2

주말이면 흙에 귀의하고 싶은 사람들
주말이 아니라면 주말농장은
연고자 없는 묘같이 쓸쓸해 보일 테지만
평일에는 아예 나비에게 맡겨버린다

갓 땅에 묻힌 묘비처럼, 장엄한 번호가
네평도 못되는 땅뙈기를 지키고 있다
서로의 텃밭을 방해하지 않으려다보니
깊은 골이 생겼다

나비의 얕은 잠을 방해하며
헬리콥터가 소음을 파종하고 사라졌다
낮술 취한 여자가 땅바닥을 짚고 일어서며
흙이 더럽다고
손바닥 바스러지도록 털어댔다
여자는 돌아가서 쌀을 씻고 밥을 지어 먹을 텐데
쌀이 되기까지 전전긍긍했을 흙의 모성을 떠올린다면
얼마나 부끄러울 것인가

그날 암자에서 보았다
볼트를 바위에 박은 산악인과 달리
장비 하나 없이 절벽을 오른 민들레를,
사람 손으로 애써 가꾸지 않아도
저 혼자 훌쩍 커버린
민들레의 자수성가를

전갈

끝이 보이지 않는다
집채만 한 허기에 떠밀려온 무료배식 긴 행렬
지난날 뻣뻣한 목은 아래로 내려놓는다
누군가는 무릎 꿇고 엎드려 통곡도 했으나
달라진 건 종교를 낮추어야 한다는 것
밥그릇을 경배하고부터 개종해야만 했다
자산을 잃고 마지막 품은 생활의 독기가 다하자
추운 사막 도시로 내몰린 사람들
밥때 되자 모이는 놀라운 본능을 보면
죽음쯤이야 거뜬히 건너뛰었을 것이다
간혹 행렬 바로 앞에서 끊겨버린 무료배식
이럴 땐 혐오감을 주기에 충분한 집게발도 소용없다
봐서 안될 그들의 내면을 몰래 들여다보듯, 삐뚤빼뚤하
게 줄 선 무료배식
전지가위로도 끊어지지 않을 질긴 궁핍의 가지
저 줄은 출세와 무관하다는데
언제까지 그들을 줄 세워놓을 것인가
이 땅에 밥줄이 늘어만 가는 것은

묵묵히 끼니를 책임져온
밥의 잘못인가?

그림자 산책

가까이하면 감전될 것 같은 두려움이 몰려드는
밤
그림자를 두고 잠을 청해본다

그동안 그림자와 붙어먹었다
그렇지만
몇번이던가, 그림자와 결별하려고 돌아섰던 순간이
그때마다
보기 싫어도 슬며시 보게 되는, 제 몸에 난 흉터처럼
자신도 모르게 느끼는 그림자를 향한 어떤 연민이랄까

나를 옮겨 적던 그림자가
어느덧 내 몸의 서체를 흉내 내고 있었다
중심이 흔들린 날이면 함께 요동친 그림자
가능한 한 혼자는 행동하지 않는다는 나름의 규칙을 세
운 모양

내게 묶여 부자유스럽겠지, 했더니

외려 나를 묶어두고는
곁을 떠나지 않는 방식으로
일생을 통틀어 빛 한번 못 본
그림자의 순애(殉愛)

무념무상 물소리로 도착한 밤들
나의 비좁은 세계를 빠져나와
그림자를 통과하던 암울한 일식의 날들
그림자에 가려져 내가 안 보였다

어쩌지요, 사는 동안 호락호락 물러서지 않을 것 같은데

잠든 그림자를 깨우려 가슴에 손을 얹자
36.5도의 체온을 지닌
또 하나의 심장이 뛰었다

새

바람의 계시를 받으러 가는 새
사력을 다해 몸을 던진다
매번 운임도 안 나오는 빈 하늘 싣고
제 몸보다 커다란 날개 박수 치듯 파닥거려
힘겨운 노동을 자청한다

새소리란 숲 속에서 들어야 제격이지
바람의 말씀 쩌렁쩌렁 울리는 하늘 없으면, 새는
온당치 못한 날짐승에 지나지 않겠지만
누가 하늘로부터 새를 격리시킬 수 있으랴

꾀죄죄하게 흐린 저녁
새떼가 공격성을 띠며 엄습해올 때면
국적 없는 새떼 어디서 번져오나, 국경 없이 번져오나

살처분된 가금류들
날개 달린 자신을 저주하며,
부지런한 새벽에

날개를 땅속에 파묻고
파업 중이시다

구원

하늘은 차디찬 낯빛으로 버틴다

훈장인 양 동상 어깨로 내려앉는 새
새가 가장 편안한 자세를 취할수록
생전의 업적이 더 위대해 보였다

빛을 탕진한 밤이 와 어둠속 박해받는 잔별처럼
자신을 어둠속에 가두려는 사내
담뱃불이 꺼지기만을 바라는 건지
제 생이 마치 꺼져가듯 연신 담뱃불만 바라보고 있다

이유 없이 창문을 두드리던 바람마저 되돌아가고
저 하늘에 묶인 별은 이제 제자리를 뜨지 않는 부동(不動)의 밤을 갖게 되었다

끈이 죽음의 공포를 수직으로 길게 드리우는 이 밤,
변변한 날개 없이 사내는 추락하고 있는 걸까

음산한 병원 어디선가 즐겁게 탯줄을 끊는
섬뜩한 가위가 셀 수 없이 아이를 낳고
버려진 아이에게 가위가 유일한 혈육인 이 밤,

신은 외출에서 돌아오지 않고

끈이 사내의 목을 조여오기 전에
느슨한 밤과 밤 사이를 지나
아침은 너무 늦지 않게 오면 좋겠다

상수리나무 아래 명상

인적 드문 곳에
누군가 내다 버린, 아직 쓸 만한 의자 하나

문득
교수대 의자가 떠올랐다
잠시 죄수가 앉아 있던
생명이 다한 지상의 시간
짧은 시간 동안 한평생 가장 길고 길었을 침묵
젤 수 없는
시간 너머의 시간

새벽이슬이 맺힐 때를 기다린 뱀은
의자의 허리둘레를 재러 온 듯 휘감아
자백을 받으려 한다
혓바닥이 치욕스러운 욕을 하고 간다
능멸이 때마침 졸음을 깨운다

한때 나무였고, 지금도 나무의 근친이라며

상수리나무 아래 명상에 잠긴 나무의자
보리수 아래가 아니어도 이런 자세라면 깨달음 얻었겠다
머리 없는 생각들 삐걱거리며 낡아간다
지상의 시간을,
지상에서의 가장 긴 침묵을 견뎌내고 있다

지친 걸음은 여백으로 두고 떠난다
돌아오지 않아도 좋을 이곳에

털

  죽음의 일부를 몸에 걸친다는 것이 얼마나 끔찍한 모독
인가

  모피의 일생을 읽겠다고 네가 얼추 쓰다듬을 때마다
지난날의 단말마가 되살아났는지 솟구치며
부드럽게 흐느끼는 털
죽음을 담보로 한겨울 건넜다고,
모피를 두른 너는 자랑스럽게 말했지

  털은 꼿꼿하게 살아서 한겨울을 증명하지
네 몸을 거쳐간 화려한 죽음의 목록들
흑담비, 친칠라, 족제비, 밍크, 토끼, 다람쥐, 여우, 수달,
물개, 너구리……
동물에게서 평소 모은 재산을 강탈해간 뒤
네 몸값이 덩달아 치솟아오를수록
보은은 뒷전으로 밀리고 은덕은 갚을 길 없다지

  머리카락 하나만 뽑아도 몸은 아프게 반응했지

남이 아니라,
남의 것이 아니라,
네 몸의 일부였으므로
어쩔 수 없이 아프지

남극의 빙하가 다 녹아내리고
더위가 점령하면, 너는
네 몸의 털부터 없애려고 들 테지만
털은 계속해 자라지
마치 너를 비웃듯

벙어리 산

이마 벗어진 근엄한 산을 마주하고 수화 나눈다
마음의 가파른 언덕길 따라
내 속에 끓던 말
손짓으로 건너가면 메아리로 듣는 산

어릴 적 그 산에 갔을 때
비구름 몰려와 산의 목이 졸리고
겨울비에 떨리던 무거운 내 입술
입 밖으로 나오지 못한 신생의 죽은 말
한때 말을 돋보이려 치아 듬뿍 발랐던 치약
닦여나가고 그 자리에 침묵만 남았다
거대한 산속으로 들어가면 보이지 않는 산
젖은 나무가 펄펄 끓고
꽃이 절벽에 매달려 활활 타올라도 함구하던 산
말을 절제하려고 스스로 철거한 말
더는 말을 가르쳐주지 않는 폐교의 산

자정 너머 새벽에 바라본

검은 산
푸른 산은 어디로 갔나 했더니,
초록의 속삭임도 헛되이 새나가지 않도록
철저히 입단속을 시킨 벙어리 산

실업

바쁠 게 없는 그가 바쁘다
가판대 주위를 기웃거리며 신문을 공짜로 본다든가
햇빛 일부를 말없이 낚아채거나
지나는 사람들 보행에 걸림돌이 되어 눈총 받는 건
그의 일과
예전보다 말수나 자신감이 훨씬 줄어든
자신을 들여다보면 실체 없는 그림자 같다
자신도 못 느낀 새 유령으로 산 지 오래
사방을 두리번거리지만 빈둥거리는 게 아닐 거다
부르면 당장 어디든 달려가련만
걸음을 막아설 작정을 하고 퍼붓는 비
제 안에 스며든 적군처럼 무력감이 당당히 고개 쳐든다
언제부터인지 앞날이 흐릿하더니 절망이 뚜렷하게 보
였다
온종일 젖은 한숨만 말리다
가슴에 웅덩이만 한 구멍이 생겼다
겨우 과자 부스러기로 과분한 한끼를 해결했다
시도 때도 없이 허기를 덮치는 맹수 같은 생존은

화려한 마술이 아니다
실업의 비둘기,
고심으로 부쩍 빠진 깃털마저 하나둘 그를 버리고 갔다
그가 건너야 할 하루는 매번 아득하기만 한데

그의 혈액형은 동물형이다

밥상의 푸성귀조차 거들떠보지 않는
그는 지독한 육식주의자
공격적인 피가 그의 몸을 점령한 채 자전한다
종종 주체할 수 없을 땐 말보다 앞서
상대를 향해 돌진하는 뿔
주변 사람이 드센 뿔에 받혀 그와 절연하기도 했다
피가 거칠어서 울음이 거칠고
울 때면 어김없이 동물 울음이다
동물의 피 냄새가 물씬 배어 있는
그에게 피 맛은 달콤한 권력
한바탕 피의 사육제를 치르는 동안
엎치락뒤치락 피가 바뀌고
더는 그의 피라고 할 수 없는
그의 혈액형은 동물형이다
바람이 풀 위를 밟고 지날 때마다
풀이 한입 가득한 소
그런 소를 덥석 먹어치워
풀의 피가 몸속 푸릇푸릇한 그는 과연 육식주의자인가?

11월

눈앞의 먹잇감마저 손쉽게 놓쳐버려

동공이 텅 빈 자들은 얼마나 선량한가

불안이 또렷해지는 밤일수록 갈 길은 멀어

어느 것 하나 분명하지 않은 헐거운 나날

지난 시간은 기억할 수 없어 흐린 날인 거다

낯선 이국의 밤을 보내는 것만 같아

한장 남은 계절을 두고

고양이는 검게 울더라

제4부

어떤 싸움

여기
도무지 끝나지 않을
오랜 싸움 벌이는 수련이 있다
눈을 가린 천국처럼 볼 수 없는
연못 속 뛰어들어
싸움 구경 하고 싶다

진흙탕 싸움 끝에 내민
붉은 피투성이 얼굴
저런 싸움쯤이야 눈감아줄 만하지 않은가
옷깃만 스쳐도 악다구니를 퍼붓는 세상에 비하면
소리 없는 싸움이여 얼마든 번져라

둘러보면 보이지 않는 상대
온몸에 물 멍의 상처 남긴 싸움판
적은 자신 가까이에 있다

감정이 목까지 찰랑거려도

흔들리지 않는 수련
흔들리는 쪽은 물살
침수는 물과 쉽게 친해지는 방법이라는 걸
이미 물에 눈뜬 수련이 모를 리 없다

달과 내비게이션

달의 현주소를 찾아가는 길

내비게이션 지시대로 외곽순환도로를 따라
한참을 달리다보면
빌딩을 점차 벗어나게 된다
가로수 키를 넘겨
허공을 질주하면,
피부 깊숙이 와 닿는 무중력

밤이 잠든 사이 속도를 높인다
토끼보다 빨리 달려도
자주 업그레이드되는 내비게이션
내비게이션을 따라잡을 수 없어
달 주위를 헤맨다

달이 높아 보이는 건 우리를 굽어보기 때문인가

달로 간 사람

달 밖에선 보이지 않고
발자국에 더럽혀진 달
어째서 달의 얼룩만 멀리서도 또렷이 보이는가

어른스러운 놀이터

저물녘 놀이터가 심심해서 못 배긴다
달팽이처럼 꼬물거리다 아이들 제집으로 들어가고
아이들의 언어는 어디에도 없다
아이 대신 바람을 태운 그네가 조금씩 흔들리고 있다

저출산과 머지않아
노인들로 발 디딜 틈이 없을 거란 뉴스를 접한 노인이
불길한 점을 본 듯 혀를 끌끌 찼다

아이들 모두 아버지가 될 수 없고
아이들 모두 어머니가 될 수 없어도
무럭무럭 자라나 어른이 된다
독신 남녀로 각자 살다
함께 노인이 되는 것처럼

아이는 요람 같은 놀이터를 무덤으로 생각하지 않는다
놀이터가 아이들을 키워왔듯이
지구가 이만큼 나이 먹어 쉼 없이 돌아가는 걸 보면

삶은 이어달리기 같다

아이가 잠꼬대할 무렵
유난히 반들반들한 별이 어리광을 부리며 미끄럼을 탄다

이 땅에 아이들이 태어나지 않게 된다면
최초에 울던 아이의 울음소리를 뒤로한 채
놀이터는 의젓하고 한층 어른스러워질 것이다

아이가 흘리고 간, 성장이 멈춘 신발을 어둠이 몰래 신어
본다

숨

답답한 날이면 서대문형무소에 가요
(감옥 수감 체험하러)
감옥 하면 우선 파놉티콘이 떠오르시죠?
감시와 통제가 용이한 이곳도 그런 구조로 되어 있지요
창살의 단단함은 녹슬지 않았고
쇠창살 사이로 내다보이는 조각하늘은 참 맑아요
새는 트인 하늘을 좋아하고요
나무들은 평생 죄짓고 살지 않을 것처럼 보였어요
지척의 야트막한 산 아래를 보니
아파트가 서 있는 거예요
살아가기 위해 갇혀 사는 저곳 또한 감옥 아니던가요?
마룻바닥 틈새로 빛이 뚫어놓은 구멍
움튼 빛과 구멍의 정겨운 이중주
제 역할을 하려면 구멍은 비어 있어야지요
독방을 둘러보다
숨통 조이는 어둠의 손아귀를 뿌리치며 나왔죠
사형장 뒤에서 마주친 뚱뚱한 파리가
죄진 것처럼

제 발로 허공의 감옥으로 들어가데요

접선

수상한 움직임이 포착되었다

삐이찌 찌릇찌릇, 삐이찌 찌릇찌릇……
저쪽 나무에서 이쪽 나무로 신호를 보내왔다
몹시 초조해 보였다
불온한 사상을 암암리에 퍼뜨리려는 걸까
거점을 확보하라는 지령을 내리는 걸까

끊어질 듯 이어지는 팽팽한 적막

이번엔 이쪽 나무에서 저쪽 나무로
찌르르릇 쪽쪽, 찌르르릇 쪽쪽……
소리를 타전할 때마다 위장한 나뭇잎이 폴짝거렸다
방금 답신은 쫓긴다는 뜻 같았으나
그 소리가 내게는 이상하리만큼 경쾌하게 들렸다
청각을 교란해가며 오가는 새들의 은밀한 교신
긴박한 사태를 알리는 음파의 씨앗이 산골에 박혔다

찌르르릇 쪽쪽, 찌르르릇 쪽쪽……

숨죽이고 한참을 듣고 보니
이곳엔 암수 둘뿐이라는 신호인 것
순간 낯 뜨겁기도 해
신고는커녕 방해될까봐 산을 내려와야 했다

구애가 끝나고 신방을 차렸으려나
부디
정 둔 오늘밤 더디게 새어라 더디게 새어라*

* 고려 속요 「만전춘 별사」에서.

눈에서 눈사람까지

흐린 날
자궁 열리는 하늘
저기,
하늘로부터 온다
미완성인 사람들
유리조차 깨지 못하는 연약한 심성을 지닌
하얀 얼굴의 눈먼 사람들
뛰는 건지
걷는 건지
끊길 듯 이어지는 희미한 걸음걸이

굳이 낭떠러지가 아니어도
누군가의 살에 닿기만 해도
화상 입던
그날이
태어나자마자 죽은 생일이지

태어날 때 펑펑 우는 소릴 들은 사람 없다니 다행이야

왜, 작은 울음일지라도 소음이잖아

짓궂은 사람이 빚어놓은 운명을 감내하면서
다사로운 눈길로 바라보는 이의
눈 속에서 녹아내리면 그만이지,
눈사람이란 호칭이 무슨 소용 있으랴

세입자

집이 생겨나기도 전에 집이 있었다

집이 아닌 곳에 들여놓은 셋방을 누가 짐작이나 했을까
처음 짓기 시작할 땐 엉성한 게 불안해 보였겠지만,
직조하듯 교묘한 방식으로 엮어
태풍에도 끄떡하지 않았다
공간을 활용한 까치의 건축술이 있어 가능했다

새끼들 벌린 입에 먹잇감을 넣어주고
총총 사라지는 까치
생계를 떠맡은 부지런한 가장은
누구의 손도 닿지 않는 높이가 필요했다

제집 두고 쫓기다시피 뿔뿔이 흩어진 재개발지구
다시 집이 될 드넓은 집터, 그러나 집이 없다
불법점거하며 서 있는 한그루 나무밖에
그 나무에 겨우 세 들어 사는 까치도
불안하기는 매한가지

한평 땅도 지니지 않았는데 자고 나면 공중은 부쩍 자랐고
낡아빠진 나무의 번지수가 없어졌다
누구나 이 세상에 잠시 세 들어 사는 것
때때로 옮겨야 할 이삿짐처럼 집이 짐이 될 수도 있다

엄동설한에 떨고 있을 까치 일가가 눈에 밟혀
아랫목 비워둘 생각 간절한 겨울밤
아무래도
집이 불편하다

모래견문록

잡음이 지배하는 이 소란스러운 세계에서
소리 없이 죽은 듯 산다는 건 크나큰 미덕

고요히 스며드는 물
젖은 말로 귓가를 허무는 간지러운 파산

개별적으론 미세하지만, 모여서
무서운 무게가 되어
혼몽한 당신의 발이 빠져들 때
이번 생은 아무래도 건질 게 없다며
정적 속에 눈만 휘둥그레

구호도 없이 단결하는 저 결속력
넘어지고
쓰러지고
흩어지는
아·비·규·환

자고 나면 들리는 헛소문에 누가 바벨탑을 쌓는가
무너지는 것은 높이가 있기 때문

가슴 한쪽에 성소(聖所)를 모시고 사는 사람은
내면의 모래산이 무너졌거나 아직 모래산을 짓는 중

날아라 풍선

그녀의 하루가 풍선 때문에 무료할 새가 없다

부레의 공기가
물고기를 물에서 자유롭게 하듯
풍선 없이 그녀는 무료한 시간을 부유할 수 없게 되었다
그간 터뜨린 풍선의 개수는
무리하게 벌린 그녀의 커다란 입과 비례한다

한번도 속 시원히 날려본 적 없는 풍선이라
언제 터질지 몰라 늘 위태로운 게 사실
조금씩 불안을 껴안다보니 불안도 포근해졌다

단맛을 맛본 그녀로서는 팽창을 멈출 수 없다
그녀가 풍선껌을 뱉지 못하는 이유이다
풍선을 날리고 싶은 욕망이 풍선을 더 크게 터뜨리고 말
았다

약 150억년 전에 있었던 거대한 폭발 빅뱅을

그녀의 입을 통해 보이고 있다
껌과 함께 작은 점에서 시작된 그녀의 소우주도
매우 높은 에너지가 수차례 폭발하면서
지금껏 계속 팽창하고 있다

호주머니

의복의 변천사야 세세히 알 수 없지만
자본주의가 옷에 호주머니를 달게 했을지도 모른다

호주머니가 비어 있으면
뭐든 불룩이 채워넣어야만 하는 당신의 강박
살내 풍길 새도 없이 어느새
동전으로 채워진 당신의 호주머니
오로지 부(富)를 안겨줄 요량으로
호주머니에 쉰내가 나도록
동전은 꼼짝 않을지도 모른다

오랜 세월 지나
셀 수 없이 들락날락하여 닳아빠진 호주머니
동전을 힘껏 거머쥐던 손가락에 힘이 빠지고
구멍 난 호주머니로 동전이 새나가
이제껏 부자가 되지 못한 당신은
호주머니에 손을 넣어 알량한 동전 몇닢 만지작거리다
생을 마감할지도 모른다

하지만 아직 발견 못한 금광이
가까이에서 당신을 위로하며 때때로 유혹한다
당신이 그걸 찾게 된다면
마지막 탄알이 남은 총의 방아쇠를 당기듯
떨고 있는 자신과 만나게 될지도 모른다

당신의 호주머니로 들어간 돈은
어지간해서 나올 줄을 모른다
관 속의 당신 또한 나올 생각을 않는다
포근했던 호주머니 속 한때의 동전처럼

꽃잎이 떨어지는 일

무거운 몸을 바르르 떨고 있다
비에 젖은 채로 땅에서 뒤척이기까지
얼마나 망설였을지 알 수 없다
심지어 가까이에서 거둔 나무조차 짐작할 길 없다
한통의 전사(戰死) 소식처럼 언제나
기별은 죽음보다 한발 늦게 도착하였다
나무의 품을 떠나 낙오의 대열에 서기까지
나뭇가지와의 이별이 처음이자 마지막이 되었다
비록 패전의 몸으로 떠돌아도
나무와는 오래전에 밀어의 교신을 나누었을 것이다
옷자락이 너덜거리는 것으로 미루어
이탈하기까지 밤새 비바람과 밀고 당긴 전투가
그만큼 치열했다는 증거인데
어찌된 영문인지
거리를 드나들던 사람
어느 누구도
총성을 듣지 못했다니,

흙 3

정전이던 아버지의 기억이 잠깐 돌아온 밤 아버지가 먼저 나를 알아보는 바람에 소름 끼치게 놀랐다 치매라는 먼나라를 살고 계신 아버지 속 아버지를 만날 수 있었던 그 짧은 시간

하루는 흙으로 돌아가고 싶다고, 과묵한 아버지는 침묵으로 말했다 그게 화두인지 모르고 건성으로 듣던 나는 열심히 한쪽 귀로 흘려버리기에 바빴다 지친 아버지는 나날이 흙을 갈구하는 뿌리 뽑힌 나무가 되어갔다

아버지는 흙으로 빚어진 사람 아버지는 부정할 수 없는 자연주의자 바라볼수록 적막하고 심심한 아버지 비만 오면 아버지가 걱정되었다 일그러진 아버지의 우스꽝스러운 얼굴 비 맞으면 아버지란 근엄한 존재도 사라져버릴 테니까 그러니 아버지! 어서 세상 안쪽으로 한발 들어오세요

해가 갈수록 나는 아버지의 DNA를 닮아간다 그나마 다행이지 싶은 건, 키 작은 아버지의 형질은 전혀 닮지 않았다는 것

아버지의 묘는 결코 작지 않다

그 여자, 칸트

이 시각이면
그 여자가 지나가는 걸 볼 수 있다
정해진 일과인 양 하루도 어김없이
개의 목줄 부여잡고 산책을 나선다
세마리의 개를 끌고 가는
말하자면, 개의 보호자인 그 여자
지금은 어제 이맘때,
정확한 시각은 오후 여섯시
그 시간이라서 그 여자가 지나갔고
그 시간은 그 여자가 지나가야 할 시간
느리지도 빠르지도 않은 개의 걸음에 맞춰
따라 걷는다
여자의 걸음이 개로부터 간섭받는 시간
일정한 거리를 유지하려면 개의 보폭을 존중해야 한다
여전히 목줄을 잡은 쪽은 여자였지만
개가 지체할 때마다 한발짝도 떼지 않은 채 우두커니 서
있다
개가 가는 데로 흔쾌히 끌려가는 여자

방향감각에 익숙해진 개가 제집을 놓칠 리 없다
산책을 마친 개가 들어서는
그 집을 개의 집이라고 해야 하나?
독신인 그녀의 집이라고 해야 하나?
고장난 듯, 시곗바늘이 어제 그 시각에 멈춰 있다

태양의 열반

다비식을 치른다
태양이 부서지는 찰나
한줌 사리로 남은 땀방울
사물이 빛을 잃은 순간부터
점자를 읽어내려는 사투가 거리를 암울하게 메웠다
어쩌다 눈 한번 감아도 어둠인데
왜 밝은 눈으론 서로를 보지 못했는가
거리를 오가다 몸을 부딪쳐야만
마지못해 인사를 건넬 뿐이다
밤은 낮보다 어둠의 부피가 커서 밤인 것을 추측해본다
이름처럼 제 몸에 달라붙은 어둠을 떼어내려
자신을 더듬더듬 읽어가도
평생 다 읽지 못할, 생소해진 자신

담배 끊은 파이프

연기가 자취를 감춘 지 오래다
입술이 자취를 감춘 지 오래다
얼굴이 자취를 감춘 지 오래다
사내가 자취를 감춘 지 오래다

흙이 묻지 않는 보법,
리얼리스트의 각도로 걷기

함돈균

자화상에서 리얼리스트로

첫 시집은 자화상이 될 운명에서 벗어나기 어렵다. 글자에 의지해서야 세상에 제 존재를 나타내는 시인에게 첫번째 책은 '시인 됨'의 영광과 비참이 동시에 드러나는 순간일 수도 있다. 글자에 눌러 새길 만큼 절박하고 단단하며 고독한 몸의 시간이란 어떤 것인가. 어떤 시집에서 그 시간은 가여운 것들로 채워진 회고이기도 하다. 등단 후 10년, 김희업의 시인으로서의 첫번째 존재 증명이 '칼 회고전'이라는 이름으로 이뤄졌을 때, 이 '칼'은 "어둠을 건축하는 데 평생 몰입"한 한 육체를 가르고 들어온 "상흔"(「틈」)이었다.

이 시집에서 "낯선 나는 왜 여기에 버젓이 있는가"(「전신마취」)라는 물음은 '나는 왜 여기에 이렇게 있지 않으면 안

되는가'라는 식의 철학적 물음과는 다른 존재론적 기분 속에 내던져져 있다. 여기서 "버젓이"라는 부사가 문제가 된다. 그것은 세인적 삶 일반의 소외 상황을 지시하는 것이 아니라, 세인적 세계에 섞이지 못한 개체의 특수한 고립의 정황을 암시한다. 이 고립의 심리적 정황이야말로 첫 시집 『칼 회고전』이 기억하는 비극적 시간 지평이다. 이 고립의 정황에서는 비록 가상적인 것이라 할지라도 '에고'를 기반으로 하여 구성되는 소위 '주체'라는 이름의 인간 형식이 온전하기 어렵다. "언제부터인지 몰라도/꿈불감증을 앓고 있어"(같은 시)라는 진술이 뜻하는 의미는 무엇인가. 그것은 소망 충족의 불가능성에 대한 좌절감을 표시할뿐더러, 존재의 기저인 무의식의 차원에까지 미치는 억압의 상황을 암시한다. 첫 시집에서 화자 곧 시인은 목소리의 톤을 높이지 않았으나, 개인의 역사와 관련된 상처의 폐부는 예리하고 깊었다.

그런 점에서 첫번째 시집과 비교하여 김희업의 두번째 시집 『비의 목록』에서 가장 눈에 띄는 점은 시적 대상의 확장이다. 더 정확히 말하면, 확장된 것은 대상이라기보다는 시야다. 자화상을 그리던 시선의 방향은 바깥으로 열렸고 다양한 사물을 포괄한다. 자기 상처에 대한 깊은 응시가 어떻게 이런 극적인 시각적 반전을 가져올 수 있는가. 중요한 것은 이 시선이 독특한 생의 '경사'와 틈새를 포착하는 내밀한 각도를 지니고 있다는 사실이다. 이 각도에서 화자는 사물에서 벗어나 사물에 자신의 감정을 이입하는 것이 아니라 사물의 '곁'에서, 또는 '세계 내'에서 세계를 응시하는 '비평적' 태도를 보여주고 있다. 이 태도를 거창하게 '리얼리즘'이라는 용어로 얘기하기보다는 언제부턴가 한국 서정시의 영역에서 쇠퇴하고 있는 '리얼리스트적' 태도의 새로운 가능성이라는 차원에서 얘기해볼 수 있지 않을까. 이 가능성에는 상처와 고독을 오래 감수한 자가 "외마디 비명도 없이" 그것을 담담한 '생의지(生意志)'로 전환시키는 건강하고 감동적인 힘이 내포되어 있다. 사물과 삶의 중핵을 포착하는 내밀한 시선의 각도에 의거하여, 비관이나 낙관, 냉소나 과장이라고도 할 수 없는 비평적 시선을 일관되게 견지하고 있다는 것이야말로 비관적 전망이 세상을 덮고 있는 이 시점의 한국 시단에 김희업의 시집이 던지는 의미심장한 화두일 것이다.

에스컬레이터 함께 올라타기

　　30도의 기울기란
　　마음이 먼저 쏟아지지 않는 경사
　　알 수 없는 자력이 몸을 곧추세운다

그냥 밟고만 있어도
높이가 커진다는 사실을 아는 사람은
굳이 거슬러 내려가지 않고
계단의 물결에 발을 맡길 것이다
거슬러 오르는 멋진 오류는 연어의 일
한계단씩 베어 먹은 사람들의 높은 입
그들은 먹이를 얻기 위해 날마다 입을 벌린다
외마디 비명도 없이 공중에 떠 있는 현기증
어떤 뒷모습이라 할지라도 바라보면 쓸쓸하고
꼭 그만큼만 보여주는 생의 짧은 치마
넘치지 않는 저울질로 평등하게 내려놓고
빈 계단만 층층이 접히는 지평선
맞물린 관계 속에
서로 먹고 먹히는 다정한 세계
기울어진 생계를 떠안고
마음이 쓰러지지 않게
흙이 묻지 않는 보법으로 반복되는 생성 소멸
오늘밤
달은 발자국 남기지 않고 가던 길을 갈 것이다

—「에스컬레이터의 기법」 전문

‘리얼리스트적’ 태도라는 것은 무엇인가. 나는 그 의미를, 세계를 전체로 조망하려는 야심을 갖기보다는 세계 내의 사물 곁에서 '부분적' 응시를 취하지만 그 응시에 '비평적 거리'가 들어 있는 체험적 관점이라고 얘기하고 싶다. '이즘(리얼리즘)'이 아니라 '이스트(리얼리스트)'라고 말할 때에는 응시의 주체가 대상과 동일선상에서 나누는 경험의 공동성이 중요하다. 이것을 '시점'이라는 차원으로 얘기할 수도 있지 않을까. '시점'이란 '서 있는 자리'이기도 하다. 예컨대 이 시에서 "꼭 그만큼만 보여주는 생의 짧은 치마"를 보기 위해서는 사람들의 에스컬레이터에 시선의 응시자가 동승해 있어야 한다. 에스컬레이터의 외부에서 그것을 묘사하는 것이 아니라, 동승한 응시자가 자신의 시점으로 세태의 "경사"를 본다는 점에 이 시의 묘미가 있다. 이것은 관조가 아니다. 문제는 어떻게 서 있는 자리가 같은데 시점이 다를 수 있을까 하는 것이다. 하지만 그런 일은 불가능하지 않다. 우리는 이 경험을 '분열'의 경험이라 말할 수 있으며, 그것은 사실 응시자인 화자에게 상처의 정황이 되는 것이기도 하다.

"마음이 먼저 쏟아지지 않는 경사"인 "30도의 기울기"는 "그냥 밟고만 있어도/높이가 커"지며 "계단의 물결에 발을 맡"기는 방식으로 일상의 자동성을 쉽게 수용하는 세태의 보편 형식이다. "거슬러 오르는 멋진 오류는 연어의 일"이지 "먹이를 얻기 위해 날마다 입을 벌"리는 사람의 일은 아니다. 에스컬레이터의 자동성이 그러하듯이, 의지를 시험하고 세태의 자동성을 거스르는 용기는 이제 사람들에게서 찾아보기 어렵다. 화자는 에스컬레이터의 "빈 계단만 층층이 접히는 지평선"에서 내용 없는 공허("공중에 떠 있는 현기증")와 세련된 형식주의("넘치지 않는 저울질")와 무한경쟁의 비정한 세계("서로 먹고 먹히는 다정한 세계")를 포착한다. 그러므로 "마음이 먼저 쏟아지지 않는"과 "마음이 쓰러지지 않게"는 반대의 함의를 지닌다. 전자가 성의와 진심이 없는 세태의 형식적 기울기를 뜻한다면, 후자는 그 내부에서 겪는 화자의 분열적 체험과 관계된 상처의 정황으로서 스스로를 다독여야 하는 심리를 표현한다. 이와 같은 아이러니는 이 시집의 언어적 기지를 보여주는 동시에 시인의 존재론을 함축하고 있다.

"30도의 기울기"를 발견하는 일은 30도의 기울기를 가진 에스컬레이터에 화자가 동승하는 일에서 시작된다. 기계적 메커니즘과 유사한 자동적이고 무반성적인 세태를 포착하기 위해서는 "계단의 물결에 발을" 올려놓아야 하는 것이 시인의 운명이다. 물론 더 정확히는 포착을 위한 동승이 아니라, 그 자신도 세태의 일원이기에 그가 속한 삶의 내부에서 발생하는 일이다. 그러나 더이상 "굳이 거슬러 내려가지 않"는 세태에서 시인은 "한계단씩 베어 먹은 사람들의 높은 입"이 아니라 "연어의 일"과 동일시하는 분열을 경험한다. 이러한 유의 동일시와 의지의 발현은 연어의 그것처럼 누구의 강요에 의한 것은 아니다. 그러나 "사람들"과 동일한 경험 지반에 있는 일상성 안에서 '시점'의 분열이 일어난다는 사실 자체가 시인에게는 특별한 상처라고도 할 수 있을 것이다. 세태의 기울기와는 반대 의미에서 "기울어진 생계를 떠안고" 있다는 화자의 조건도 상처가 됨직하다.

그런 점에서 "흙이 묻지 않는 보법" 역시 이중적 의미를 지닌 아이러니로 볼 수 있지 않을까. 그것은 우선 "그냥 밟고만 있어도/높이가 커진다는 사실"을 알고 "굳이 거슬러 내려가지 않"는 "사람들"의 보법일 것이다. 그 보법은 시적 진실이 거주하는 자리로는 좀처럼 내려오려 하지 않으며 "공중에 떠 있는" 세태의 무중력 보법이다. 하지만 이 표현에는 세태의 흐름에 내던져져 있으나 "거슬러 오르는 멋진 오류"를 도모하며 "발자국 남기지 않고 가던 길"을 가는 "달"의 보법이 동시에 들어 있기도 하다. 중력을 이기고 자기 존엄을 지키려는 이 보법은 비록 쓸쓸하다 하더라도 초월의 보법이 아니라 의지의 보법이라고 해야 한다. 이 시집 곳곳에서 반짝이는 시적 장면과 진술의 아이러니가 포착되는 지점도 이 보법과 관련되어 있다.

강은
얼마나 깊은 여백을 남겨두었나

강과 강 사이가 엉겨붙어
한바탕 살얼음판으로 변할 때
하늘 엎고 어렴풋이 건너면
가뿐한 월동(越冬)인데
날개가 방향을 튼다
돌아갈 곳을 찾는다는 건
돌아갈 곳이 있다는 것
그러니 너희는 철새가 아니다
잠시 비상(飛翔)근무 중이니
앉지 마라
앉지 마라
착지가 너희를 불안케 하리라
지상은 습지처럼 외로운 섬
공허해서 한껏 넓어진
하늘 가득 채워라
너희들 본적이 하늘이듯
하늘과 어울려 놀아라
하늘이 지칠 때까지

——「철새들의 본적」 전문

　이 시에서 겨울의 양상은 "한바탕 살얼음판으로" 나타난
다. 그것이 하필 "강과 강 사이가 엉겨붙어"라는 표현으로

이루어질 때, 이 상황은 "맞물린 관계 속에/서로 먹고 먹히는 다정한 세계"를 연상하게 하는 면이 있다. 사물의 정황마다 세태에 대한 화자의 무의식이 스며 있다는 것이 이 시집의 특징이다. 그러므로 "월동(越冬)"을 감행하는 일에는 용기가 필요하다는 걸 알 수 있다. 월동에 직면하여 "날개가 방향을" 트는 일은 그래서 발생한다. 그것은 예외적 상황이 아니라 세태의 일반적 정황이다. 날개가 방향을 틀어 "돌아갈 곳을 찾는다는 건/돌아갈 곳이 있다는 것"이며, 그것은 지상에 안전한 거처를 지닌 것들의 세계다. 화자는 그것을 "철새"의 존재 양식이 아니라고 말한다. "철새들의 본적"은 "하늘"이다.

철새의 존재 양식은 "거슬러 오르는 멋진 오류는 연어의 일"과 비슷하다. 화자는 철새에게서 거주와 "착지"가 아니라, "비상"과 "월동"의 존재 양식을 본다. "하늘과 어울려" "하늘이 지칠 때까지" 비상해본 자유, 가두리를 넘어서는 경험을 해본 존재만이 "지상은 습지처럼 외로운 섬"이며 "착지가 너희를 불안케 하리라"는 역설을 이해할 수 있을 것이다. 그러나 화자에게 이 "비상(飛翔)근무"는 어떤 관념적 절대자유를 상정하는 일은 아니다. 이 시집의 화자에게 자유는 제한 없는 무언가의 추구라기보다는 일상적 존재 지반의 자동성에 투항하지 않는 일이다. 그래서 새들에게 "앉지 마라/앉지 마라"라고 얘기하는 것이다. 이것은 일

종의 주문이다. 모든 주문은 비원(悲願)이다. 희망을 근거로
삼거나 상황을 낙관하지 않아도 세상에는 그와 무관하게
발설될 수밖에 없는 비원이 존재한다. 시야말로 그런 비원
의 말이 아닌가. 이런 비원의 말이 정녕 불가능한 말이 아
니라는 걸 정직하게 증명하려는 지점에 이 시집의 주요한
욕망이 있다. 예를 들면 이런 '사소한' 관찰은 어떤가.

  살아 있는 것은 움직이지 않고도 살아 있다

    안 팔리는 꽃이 조금씩 자라고 있다
    수직으로 뻗다 지루하면 수평으로 서서히 방향을 튼다
    아주 조금씩 자라서 보이지 않을 때가 더 많다
    주인 속 타는 줄 모르고
    낄낄거리며 웃고 있는 꽃들
    무슨 의무감처럼 매일 물을 주며
    꽃집 주인은 입양을 서두르는 눈치다
    (…)
    보지 않으면 꽃은 시들하니까 돌보게 된다
    가섭은 꽃의 웃음을 본 최초의 사람
    꽃의 부모는 꽃을 가꾸는 사람
    햇볕과 물과 흙은 꽃을 키운 먼 조상

천애의 고아로 자란 꽃이 어디 있으랴
　　　　　　　　　　　　　—「출생의 비밀」부분

　　이 시의 전체 의도는 "꽃의 부모는 꽃을 가꾸는 사람"이
라는 생명의 돌봄과 관련되어 있다. 그런데 사실 이러한 정
서적 차원의 유비보다 더 중요한 발견은 "안 팔리는 꽃이
조금씩 자라고 있"다는 꽃 그 자체의 상황이다. "아주 조금
씩 자라서 보이지 않을 때가 더 많"아서 그렇지, "수직으로
뻗다 지루하면 수평으로 서서히 방향을" 트는 생명의 자발
성에 관한 소박한 발견 말이다. "꽃집 주인은 입양을 서두
르"지만 꽃은 주인의 의도대로 피지 않는다. 하지만 본래
자발성이라는 것은 모든 타자의 의지를 거스르는 일이 아
닌가. 그럼에도 화자는 "꽃이 조금씩 자라고 있"으며, 그것
도 "안 팔리는 꽃이" 자라고 있다는 걸 본다.
　　이 시는 한 개체의 성장과 자발성에 관한 독특한 변증법
을 간명하고 재미있게 보여준다. 주인의 관점에서 꽃은 기
원의 대상이지만, 기원대로 피어나지 않는다. 그러나 기원
하는 존재인 "꽃을 가꾸는 사람"이 필요하지 않은 것은 아
니다. "천애의 고아로 자란 꽃"은 없기 때문이다. 그렇다 하
더라도 그러한 '원리'적 차원과 꽃의 자발성이 부합하는 것
은 역시 아니다. 기대의 충족과 배반을 다른 차원에서 보면,
그것은 주인의 시점을 꽃에 적용한 '오류'가 아닐까. "아주

조금씩 자라서 보이지 않"는 것이 아니라, 성장점이 놓인 시간 지평 자체가 기원의 대상과 주체가 서로 다른 것이다. "살아 있는 것은 움직이지 않고도 살아 있"(「변명」)는데 말이다.

자연 대상을 인간 삶의 유비로 환치하는 시적 마술은 서정시의 매력이지만, 사물의 실상과 관련하여 따져본다면 이는 논리적 오류이기도 하다. 이 시의 소소한 시적 직관을 '희망'이라는 타자와 그것을 기원하는 주체 사이에 놓인 우리 시대의 깊은 좌절감이 실은 기대 지평의 차이를 인식하지 못하는 조급함에서 연유하는 것은 아닌지 따져보는 것으로 볼 수도 있지 않을까. 블랑쇼는 "시인은 희망을 말할 권리가 없다"고 말하기도 했지만, '살아 있는 것'에 대한 비관적 전망이 오히려 관성이 된 듯한 현실에서, 이 시집의 직관들을 거짓 없는 희망을 얘기하는 시적 방법론으로 사유해볼 여지는 없을까. 자연과 역사가 교묘한 유비로 삼투된 다음 시를 보라.

갓난아기 주먹만 한 고구마를 컵에 넣고
싹이 트는 과정을 지켜보기로 했어
고구마가 싹을 틔운다는 그 말,
거짓말로 들렸지만 믿어보기로 했어
혁명이 뭐 별거 있어

보이지 않는 걸 믿게 하는 거지
그렇다고 고구마가 혁명을 알 리 없지
하루가 지나 내일이 다 가도록
바라고 바라던 혼돈은 없었어
어쩌다 컵에 물이 줄어든 것 빼고는
태초에 고구마를 내던 셋째날이 오자
머릿속엔 부정의 싹이 역병처럼 번져갔어
기다리는 내내 죽음과 내통하는 영화를 보았지

천지와 만물을 다 지으신 일곱째날
체념한 채 물을 갈아주려던 순간
의심이 목덜미를 잡히고야 말았어
새싹이 돋은 거야,
태동을 눈치 못 챈 굼뜬 청력(聽力)에 얼굴 붉어졌지
볼품없던 고구마는 메마른 땅을 경작지 삼아
쉼 없이 물동이 길어올렸던 거야
귀 기울여봐, 무언(無言)에는 목마른 외침이 있어
목마른 자 가까이 샘물 가득 준비해놓는 일,
혁명이란 그런 거지
                                    ─「거짓말」 전문

"고구마가 혁명을 알 리 없지"라는 말은 흥미롭다. "고구마가 싹을 틔운다는 그 말"을 "거짓말"로 듣는 것은 어쩌면 고구마라는 작은 개체의 현실에 '혁명'이라는 크고 추상적인 관념을 덮어씌웠기 때문인지도 모른다. 사물의 개별성 자체를 존중한다면 우리는 거기에서 "보이지 않는 걸 믿게 하는" 바로 그런 차원에서 돋아난 "새싹"을 '혁명'으로 발견하고 그걸 혁명으로 승인할 수 있게 될지도 모른다. 여기에는 물론 「출생의 비밀」에서 보듯 희망의 대상과 주체 사이에 놓인 기대 지평의 차이를 받아들이는 것이 중요하다. "하루가 지나 내일이 다 가도록/바라고 바라던 혼돈"은 기원의 주체인 '나'의 시간 지평이다. 그러나 "갓난아기 주먹만 한 고구마"는 '나'와는 다른 시간 지평에 서 있다. "머릿속엔 부정의 싹이 역병처럼 번져갔어/기다리는 내내 죽음과 내통하는 영화를 보"는 것은 나의 현실이지 고구마의 그것은 아니다. 또한 "체념"은 나의 것이지 고구마의 것이 아니다. "태동을 눈치 못 챈 굼뜬 청력"은 내 관념의 시간을 고구마의 현실에 덮어씌운 조급증이 만든 무능력이기도 하다.

화자는 "메마른 땅을 경작지 삼아/쉼 없이 물동이 길어 올"린 고구마의 생명력을 "목마른 자 가까이 샘물 가득 준비해놓는" 삶–혁명과 유비한다. 고구마와 인간, 자연과 역사, 개체를 전체와 묶는 이러한 유비는 '혁명'을 어떤 거창한 결과로 규정하기보다는 "보이지 않는 걸 믿게 하는" '새싹'의 수준이나 과정의 차원에서 이해하고 있다는 점에서 허황된 마술이나 거짓 약속이라고 할 수 없다. 그가 혁명으로 규정하는 것은 "무언(無言)에는 목마른 외침이 있"다는 '고구마—역사'의 가능성 그 자체지 결과가 아니다. 그러나 다시 한번 상기하건대, '가능성'에 대한 인식은 주체와 대상 간에 놓인 기대 지평의 차이를 인정하는 데에서 나온다.

무덤에서의 직시

그럼에도 이 시집에 전체적으로 드러난 세계의 어둠이 희미하다고 말한다면 이는 사실이 아니다. 응시하는 주체인 화자가 늘 기원하는 주체, 의지의 주체가 되는 것도 아니다. 아니, 역사와 희망에 대한 기원은 지금 시간의 "잠긴 문"에 대한 오롯한 직시 그 자체에서 비롯된다고 할 수 있을 것이다. 이것이 역사의 총체적 전망을 담은 '리얼리즘'이 아니라, 현재 시간의 사물을 마주한 '리얼리스트'의 태도이다.

안을 들여다보려는 순간부터
위험한 상상은 만들어진다
틈이 보이지 않을수록 증폭되는 상상

비밀의 부피가 커지다가 마침내
시한폭탄이 될 조짐
공간이 꾸미는 음모는 안전하고 깊다
—「물품보관함」 부분

'물품보관함'에 대한 화자의 시선은 "안을 들여다보려는" "위험한 상상"과 결부된다. 그렇다면 이 시선은 "비밀의 부피"에 대한 화자의 '관음증' 같은 것인가. 관심을 환기하는 이 심리적 정황 때문에 잘못 읽어서는 안되겠다. 여기에서 핵심은 "공간이 꾸미는 음모는 안전하고 깊다"라는 응시 대상의 성격이다. '안전하고 깊은 공간'은 세인적 일상이 담보하고 있다고 믿는 우리 세계에 대한 메타포라고 할 수 있는데, 아이러니하게도 우리가 속한 이 세계의 '안전성'은 우리의 관심 대상이 아니다. 긴장감을 배가시키는 어법으로 씌어졌으나, 이 시선의 긴장은 화자의 것이지 '안전하고 깊은 공간'에 대한 믿음에 의거해 살고 있는 세인의 것이 아니라는 말이다. 그러므로 이 시선은 관음증이 아니라 "안전하고 깊"은 '믿음'의 세계에 대한 리얼리스트의 질문이 된다. 그 시선은 물품보관함의 문을 열지 않았으나 그 내부에서 이런 걸 본다.

무언가를 찾기 위해선 잃어버려야 하듯

141

비우고 비워야만 더 가득 채워지는 반전이
오롯이 사각형의 비밀을 지니게 한 걸까
물건을 맡긴 사람이 물건 주인이 아닐 때도 있으나
자신이 맡긴 물건조차 영영 잊고 싶을 때가 있지
이를테면 한 영혼을 하늘 끝으로 보낼 흉기나
탯줄에 돌돌 말린 갓난아이의 차압된 울음소리 같은

잠긴 문
들끓는 어둠
맡긴 시간이 부패할 때까지
밖은 모를 것이다
누군가가 발굴하기 전까지는

—「물품보관함」 부분

　왜 "안전하고 깊"은 공간은 "시한폭탄"이 되는가. 화자
는 "무언가를 찾기 위해선 잃어버"리고, "비우고 비워야만
더 가득 채워지는 반전"이 "사각형의 비밀"이라는 걸 본다.
이 사각형은 "자신이 맡긴 물건조차 영영 잊고 싶"어 하는
우리 시대의 비밀이다. "한 영혼을 하늘 끝으로 보낼 흉기"
"탯줄에 돌돌 말린 갓난아이의 차압된 울음소리"를 누가
대면하려 하겠는가. 그런 점에서 시인의 "위험한 상상"은
상상이 아니라 직시다. 반면 자신의 물건을 잊고 싶어 하

는 세인적 망각은 실은 회피다. "잠긴 문" 속에 "들끓는 어둠"이 있으며, "맡긴 시간이 부패할 때까지/밖은 모를 것이다". 시인의 비극은 제가 행한 일뿐만 아니라, 세상의 업보조차 제 업보로 삼는 존재라는 데에 있다. 그는 제가 맡겨놓지 않은 사각형 상자 속의 어둠을 제가 낳은 어둠으로 여기며, 심지어는 그 어둠의 결과조차 제 것으로 여긴다. 그런 점에서 시인은 세상의 죄를 대속하는 수도승과 본질적으로 다르지 않다. 세상의 어둠에 대한 시인의 직시는 그 대속을 위한 가장 본질적인 방편이다. 같은 자리에서 다른 각도로 사물의 어둠을 "발굴"하려는 리얼리스트의 시선이란 그러므로 기도의 시작이기도 하다.

고구마에서 새싹을 보려는 시인의 마음이나 제가 낳은 "들끓는 어둠"을 망각하는 세계에서 "잠긴 문"을 응시하는 시인의 시선이나 모두 대속을 위한 기도다. "아파트 화단 귀퉁이로/한생이 폭삭 내려앉는 끝 소리"(「비행법」)를 듣고, "집채만 한 허기에 떠밀려온 무료배식 긴 행렬"(「전갈」)을 보는 게 이 시인의 시선이요 기도의 시작이다. 어떻게 '희망'이라는 말을 상투적이지 않게 희망할 수 있는가. 그것은 '희망'이라는 단어를 세 치 혀로 발설하는 것이 아니라 우리 업보로 "살처분된 가금류들"(「새」)의 비명을 듣는 일이며, 우리 시대가 그 무덤 위에 선 골고다의 언덕이라는 걸 직시하는 일에서 시작된다.

김희업은 망각과 무비판적 사고가 보편화된 일상의 중력을 거스르는 연어의 용기를 "흙이 묻지 않는 보법"이라 하였으나, 이 보법은 이미 자기 세계가 가여운 것들의 죽음 위에 선 무덤이라는 걸 안다. 같은 자리에서 다른 각도로 보고 걸어야만 하는 리얼리스트에게 생은 아이러니이며 분열이다. 그 보법은 수도자의 걸음을 닮았으나 초월이 아니라 의지의 보법이다. 이 보법이 언제부턴가 약화되어가는 한국 시의 리얼리즘적 전통에 새로운 용기를 불러넣을 것이라는 점에는 의심의 여지가 없다.

咸燉均 | 문학평론가

어떻게 알고 왔는지
느티나무에게로 새들이 다가가 앉는다.
느티나무가 어디 아픈가보다.
나도 달래주고 싶어 다가서니 새떼가 후드득 날아가버린다.
사람이라서 미안하구나.
어떤 위로의 말도 전해주지 못해 미안하구나.
그런데 새들은
무슨 위로의 말을 건네고 갔을까?
앉은 자리의 따스한 온기로
앉았다 가는 것만으로도 어쩌면 큰 위안이 됐을 수 있겠다.
새들은 아무 말 하지 않았는지도 모른다.

아픈 사람 곁에 앉아 있는 것도 그러하리라.

2014년 가을
김희업

창비시선 381

비의 목록

초판 1쇄 발행 / 2014년 11월 10일

지은이 / 김희업
펴낸이 / 강일우
책임편집 / 윤자영
펴낸곳 / (주)창비
등록 / 1986년 8월 5일 제85호
주소 / 413-120 경기도 파주시 회동길 184
전화 / 031-955-3333
팩시밀리 / 영업 031-955-3399 편집 031-955-3400
홈페이지 / www.changbi.com
전자우편 / lit@changbi.com

ⓒ 김희업 2014
ISBN 978-89-364-2381-0 03810

* 이 책 내용의 전부 또는 일부를 재사용하려면
  반드시 저작권자와 창비 양측의 동의를 받아야 합니다.
* 책값은 뒤표지에 표시되어 있습니다